KB062047

오늘은 힘껏
날 안아주기로 했다

오늘은 힘껏
날 안아주기로 했다

더블유 글·그림

위즈덤하우스

프롤로그

누구나 살면서 한번쯤 끝이 보이지 않는 어둡고 긴 터널을 건너는 순간이 옵니다. 책 속 주인공인 '더블유'의 이야기를 그리기 시작했던 2017년 당시의 저도 터널 속에서 갈 곳을 잃은 채 제자리걸음 중이었습니다.

우울감과 무기력에 젖은 솜처럼 무거운 마음을 안고 가장 밑바닥까지 가라앉았을 무렵, 현실에 부딪혀 포기했던 그림을 다시 한번 그려보고 싶다는 생각이 들었습니다. 다행히도 힘들었던 순간에 재회한 이 꿈은 삶을 이어갈 희망이 되어주었어요. 그때부터 지금까지 인스타그램에서 '더블유의 소소생각'을 꾸준히 연재하며 저만의 속도로 행복을 키워가는 중입니다.

책에 실린 그림들은 '상처 받은 어른 아이'였던 제 자신을 치유하기 위한 약 5년간의 기록들이 그대로 담겨 있습니다. 위로가 필요할 때는 '칭찬 당근이'를 그리며 스스로를 토닥였고 과거가 괴롭힐 때는 '미래의 더블유'를 불러와 지금의 저를 응원했습니다. 거창하지 않아도 내 하루하루에 '소소한 행복'이 있다는 것을 기억하고 싶었으며 관계에 지치더라도, 가끔 외롭더라도, 때론 실수투성이어도 '그럴 수도 있지'하며 웃기로 했습니다.

닮은 꼴을 만난 듯한 설렘을 가득 담아 인사를 건네봅니다.
"소중한 당신, 만나서 반가워요."

Part 1 그럴 수도 있지

Part 2 | 소소한 마음, 쏘쏘한 하루

Part 3 나는 든든한 내 편이야

Part 1

그럴 수도 있지

01

시
절
인
연

요즘 '시절인연'이란 말을 제일 좋아한다.

'모든 인연에는 때가 있다'는 뜻으로
인연의 시작과 끝이 자연의 섭리대로
그 시기가 정해져 있다는 의미이다.

생각해보면 난 늘 지나온 사람들을
떠올리면서 관계가 멀어진 것에 대해
자책하고 후회를 하곤 했는데,

그때의 나니까, 그때의 너니까
우리가 만날 수 있었고 추억을 쌓은 거야.

그때의 나니까, 그때의 너니까
그렇게 멀어질 수밖에 없는 게 당연했어.

그렇기에 기억 속에 누군가가
잔잔하던 내 삶 속에 흘러들어와
작은 웃음을 함께 나눈 것만으로도 감사하다.

지난 인연에 대한 아쉬움은 이제 묻어두고
조금씩 마음을 열 준비를 해야겠다.

새로 올 나의 시절인연을 위해.

빼꼼一

결과보다는 과정

요즘 내게 최고의 힐링은
오은영 박사님이 나오는 방송을 보는 것이다.

대부분의 방송이 육아 코칭에 초점이 맞춰져 있지만
오히려 내 어린 시절이 치유받는 느낌이 들어서 좋다.

얼마 전 방송에서 공부를 잘하지 못해
고민인 아이를 위한 조언을 해주셨는데
그 내용이 마음을 크게 울렸다.

두번째 질문! 중고등학교 6년간
단 한번이라도 졸음과 싸우며
열심히 공부했던 기억이 있나요?

그때 친구랑 먹은
육개장 컵라면 맛있어.

아!!
이건 확실히 기억나.
열심히 방샘 공부하고
도서관 나오는 길에
상쾌했던 새벽공기도
다 떠올라.

우리는 열심히 했던 이 기억을 갖고 살아가요.
삶의 태도를 만드는것은 점수가 아닌 노력입니다.

오늘 이과목
다 끝낼수 있겠다!
좋만 힘내자!

열심-

약
2~5년후

오늘은 업로드
할 수 있겠어!
좋만 힘내자!

power up!!

듣고 보니 정말 그랬다.
그림을 그리면서도 어느새 보이는 숫자에 연연하고
'잘해야 한다'고 자신을 채찍질해왔는데

지금 와서 생각해보면 그때 '좋아요'가 몇 개였는지
댓글이 얼마나 달렸는지 잘 기억이 나지 않는다.

대신 포기하지 않고 꾸준히 노력해온 시간들은
아직도 생생하게 떠오른다.

생각만큼 좋은 결과가 아니어도 괜찮다.
나의 노력은 사라지지 않고 남아서
날 다시 일으킬 용기를 준다는 것을 잊지 말자.

"나는 한 인간에 불과하지만 오롯한 인간이다.
나는 모든 것을 할 수는 없지만 무엇인가 할 수 있다.
그러므로 나는 내가 할 수 있는 것을 기꺼이 하겠다."
- 헬렌 켈러 -

가끔 내 안의 어린아이가 고개를 든다.

어른이라는 이름에 걸맞게 살기 위해
덤덤한 척을 하고

어른이 되기 위해 견디기 힘든 상황도
애써 참아보려 노력하지만

결국 모두 날 위한 행동이 아니었음을.

그래서 요즘은 한 가지 연습을 하고 있다.

마음속의 아이가 하고 싶은 대로

막지 않고 그냥, 내버려 두는 연습.

착한 사람, 대단한 어른 대신에

난 '나'의 다정한 보호자가 되기로 했다.

어린 시절의 나는
좋아하는 장난감이 생기면 더 갖고 싶어 졸랐고
싫어하는 벌레가 나타나면 크게 소리내어 울었다.

지금의 나는
좋아하는 것이 있어도 욕심을 내지 않기 위해 참고
싫어하는 말을 들어도 내 안에서 잘못을 찾으려 한다.

키만 큰 '어른이'처럼 살아가고 있는 지금의 내게
가장 큰 선생님은 어린 시절의 나일지도 모른다.

내 안의 어린 목소리에 귀 기울이고
든든한 나의 편이 되어주고 싶다.

저때만 해도 서른 살과 결혼을 앞두고
여러 가지로 혼란스러웠지.

다시
스무 살로
돌아갈 순 없을까?
인생에 리셋버튼이
있으면 좋겠어.

어른이 되기엔
한참 부족한 것 같아.
내가 잘할 수 있을까?

돌이킬 수 없었고
돌아갈 수 없었어.

책임져야 할 것 투성이…

그런데 이렇게 다시 보니까…
참 밝고 반짝반짝 빛났구나.
왜 늘 지나고 나서야 알게 되는걸까.
지금 알고 있는 것들을 미리 알았다면…

지금의 난 나이가 들어가면서 점점
꿈도 의욕도 사라지는 것 같고
잔머리만 굴리며 살아가는 것 같아.

다시

돌아가고
싶다…

지금 나… 잘하고 있는걸까?
너무 늦어버린 것은 아닐까?

자신
없어…

아이구…
지금 보니 이때도 한참
애기였구만…

이때로
돌아갈 수 있다면
소원이 없겠어.

네세 한창
그림 그릴 때잖아.

그땐 뭐가 그렇게 힘들게 많았는지,
지나고 보니 아무것도 아닌 일들이었어.
때론 시간이 약이 되더라.

그래도
포기하지
않아줘서
고마워.

덕분에
아주아주
귀여운 할머니가
됐다구.

아주 잘 하고 있어.
화이팅!!

빛나라,
나의 '지금'이여!

심리 상담 선생님께 들었던 말 중에 참 와닿았던 말이 있다.
바로 '지금을 살아라'라는 말이었다.

돌아갈 수 없는 과거에 갇혀 있지 말고
불확실한 미래에만 매달리지 않으며
'지금'을 살아가는 것이 행복한 사람이라는 것.

여태껏 난 지금의 소중함을 모른 채
과거를 놓지 못하고, 또 미래를 불안해하며 살아왔다.

조금씩 노력해서 내게 주어진 지금이라는 시간을
소중하게 사용하고 싶다.
그래서 나중엔 행복하고 웃음 많은 귀여운 할머니가 되어야지.

당신과 나의 '지금'이
사라지지 않는 별빛처럼
반짝반짝 빛나길.

가
라
앉
지

않
을

거
야

나는 물 위에 떠 있는 한 사람,
어디를 향하는지 어디에 닿고 싶은지
여태껏 알지 못한다.

가끔 날아가는 갈매기들이 물고 온 작은 잎사귀에
아직 밟아보지 못한 진흙의 잔향을 맡으며
이룰 수 없는 꿈을 꿔보기도 하고

어디선가 떠내려온 너와 우연히 같은 물살에 휩쓸려
방향을 공유하는 일이 얼마나 행복하면서도
불행한 일인지 깨닫기도 했지만

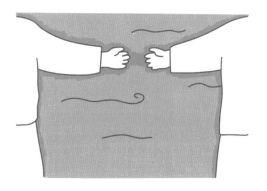

밤이 내려앉아 새까맣게 보이지 않는 하늘이라도
그저 물 위에 둥둥 떠서
숨소리를 내는 나 자신이 사랑스럽다.

나는 물 위에 떠 있는 한 사람,
어디를 향하는지 어디에 닿고 싶은지
여태껏 알지 못한다. 하지만…

나는 가라앉지 않는 법을 알며
가라앉지 않을 것을 믿는다.

누군가의 무거운 고민이
간단한 농담거리가 되기도 한다.

저 사람에게 고민을 털어놓은 사람은
이렇게 가벼운 얘깃거리가 될 줄 몰랐겠지.

누군가에게 고민을 털어놓는다는 건
생각보다 어려운 일인데 말이야.

지금의 나는 소중한 너에게
완벽한 사람은 아닐지 몰라도

네가 원하는 것을
전부 해줄 수는 없을지 몰라도

스윽-

적어도 너의 고민을 가볍게 여기지 않는
그런 사람이 되어주고 싶다.

내게
털어놔.

언제든
들어줄게.

토닥
토닥

사실 나는 지금
별다른 꿈이 없다.

꿈이란 꼭 있어야 하고, 거창해야 하며
그것을 이루기 위해 노력해야만 한다고

그런 얘기들을 들으며 급히 결정한 꿈은
내게 맞지 않는 옷 같은 존재였다.

이뤄야 할 '과제'가 되어버린 꿈,
행복해지는 '과정'이 될 수는 없는 걸까?

내 삶을 가득 채워온 '꿈'들로부터
가끔은 잠시 쉬어가고 싶다.

먼발치에 있는 큰 꿈보다
눈앞에 있는 작은 행복을 위해!

인생은 자동차를 운전하는 것과 비슷해서

뒤를 보며 운전하는 건 너무 위험하다.

앞을 보며 현재 내 곁을 지나가고 있는

예쁜 것들만 잔뜩 보면서 살아야 한다.

좋은 것, 착한 것만 싣고 싶은 트렁크에
살아갈수록 자꾸만 무겁고 어두운 것들이 쌓여가요.
그 짐들이 신경 쓰이고 원망스러워서
자꾸만 뒤를 돌아보게 돼요.
사실 뒤를 돌아본다고 해서
그 짐들이 한순간 사라질 것도 아닌데 말이에요.

나의 인생이라는 자동차를 타고
꿋꿋하게 운전대를 잡고 있는 내 모습을 한번 상상해보세요.
당신은 어디를 바라보고 있나요?
돌이킬 수 없는 과거가 자꾸만 신경 쓰여
현재라는 길 위에 펼쳐진 예쁜 풍경을 놓치고 있지는 않나요?

과거에 눈이 멀어 현재를 포기하지 않을래요.
그럼 미래는 자연스럽게 따라올 테니까요.
신나는 음악도 틀고 창문도 활짝 열고 향긋한 바람을 느끼면서
사랑하는 사람과 얼굴을 마주 보며 마음껏 웃을 거예요.

우리 그냥, 지금을 살아요.

사
랑
의
함
정

아무리 먹기 좋은 음식이라 해도

상대가 싫어할 수도, 체할 수도 있다.

그렇기에 '너를 사랑해'가 아닌

'사랑을 베푸는 나를 사랑해'를
조심해야 한다.

"사랑의 첫 번째 의무는 상대방에 귀 기울이는 것이다."

-폴 틸리히-

살구 이야기

예전에 강아지를 키운 적이 있었다.
작은 치와와였고 동그란 이마 때문에
'살구'라는 이름을 지어줬다.

살구는 날 별로 좋아하지 않는다고,
분명 동생을 더 좋아한다고,
내게 이빨을 드러낼 때마다 생각하곤 했다.

하지만 때때로 혼자 티비를 볼 때
어느새 옆으로 온 살구가 엉덩이를 붙이면
신기하게도 온몸이 따뜻해졌다.

독립을 한 후, 정신없는 나날을 보내던 중
동생으로부터 갑자기 전화가 왔다.
살구가 더 이상 걷지 못한다는 말과 함께.

살구에게 향하던 그날 저녁만큼
자신을 원망했던 적이 없었다.

집에 도착해서 정황을 듣고 있는데
갑자기 동생이 깜짝 놀라며
살구가 있는 쪽을 가리키며 소리쳤다.

몇 주째 누워만 있던 살구가
날 향해 아주 조금씩
그 작은 몸을 부들거리며 걸어오고 있었다.

살구의 몸은 여전히 따뜻했고
그것이 살구의 마지막 걸음이었다.

지금 떠올려보면
살구의 까맣고 큰 눈망울이
내게 이렇게 말하는 것 같았다.
"언니가 왔으니까 힘내봤어, 나 잘했지?"
"언니를 보게 되어서 기뻐."

나는 그렇게
마지막까지
받기만 하다가
살구를 보냈다.

나는 '취향이 가진 힘'을 믿는다.

무언가를 '좋아하는 힘'을 가진 사람은
사랑스럽다.

비록 모두에게 자랑할 만한
거창한 것이 아니라도 상관없다.

굳이 누군가에게 이해받지 않아도 괜찮다.

아무 의미 없는 하루를 보낸 것 같고
할 수 있는 게 없다고 느껴지는 날

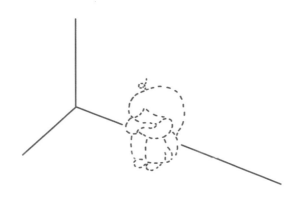

사실 당신의 하루는
그동안 자신을 위해 눌러온
'좋아요'로 가득하단 걸 잊지 않기를.

자신만의 확실한 취향을 가진 사람이 좋다.
'무슨 색을 좋아하세요?'라고 물으면
단번에 대답할 수 있는 사람이 좋다.
'그래서 싫어요'보다는
'그래서 좋아요'라고 말할 수 있는 사람이 좋다.

자신이 좋아하는 것을 최선을 다해 좋아할 수 있는 것이야말로
힘든 하루를 보내는 우리에게 주어진 최소한의 자유가 아닐까.
그러니 당당히 말하고 싶다.

"취향이니까 존중해주세요."

남과 비교하며 열등감이 찾아올 때
소소한 해결법이 있다.

우와- 진짜 잘한다.

그림을 그리다 보면 때때로
다른 사람과 비교를 하게 된다.

저런 걸
타고났다고
하는 건가.

저 작가님처럼
잘 그리고 싶어.

걷잡을 수 없는 열등감에
파묻히려 할 때 나는

그동안 내가 그려온 그림을
다시 꺼내본다.

제자리걸음을 걷고 있다 생각했는데
느린 속도지만 앞을 향해 나아가고 있었다.

누구나 자신만의 모습, 성격, 꿈이 있듯이
우리는 자신만의 속도를 갖고 태어난다.

정해진 속도에 맞추지 않아도 좋다.
꿈을 향해 나만의 속도로 가면 된다.

비교 대상을 남이 아닌,
'나'를 기준으로 하기.

내가 얼마나 성장했는지
내가 알아차려주기.

우린 오늘도
멋진 초록색을 가진 잎사귀를 향해
조금씩 나아가는 중.

토끼처럼 높게
참새처럼 날렵하게
말처럼 빠르게 달리지 못하더라도
뭐 어때,
우리는 우리만의 속도로 가자.

타인을 부러워하며 자괴감에 빠지는 대신
과거의 내가 지금의 나를 부러워할 수 있도록
주어진 오늘을 천천히,
하지만 포기하지 않고 살아가자.

(주인공 독백 중)

다들 즐거워 보이는데
나는 왜 이런 걸까?

"절대 다른 사람과 자신을
비교하지 마세요."

" 그건 내 비하인드씬과
그 사람의 하이라이트를
비교하는 짓이에요."

-테일러 스위프트

그 장면은 분명
별점 만점일 거예요!

우리들의
하이라이트는
곧 옵니다!

그거 괜찮은데 ..?

근데
네가 듣고 싶었던
말은 뭐였어?

나?

태수야!
엄마 아빠가 농사 지으려고
강남이란 곳에 땅을
좀 넓게 구입해뒀다~

꽤나 현실적..!

해맑

15

소중한 나의 살구에게

무지개다리를 건넌 반려견과
딱 하루를 보낼 수 있다면

아침에는, 빨리 일어나서 놀아달라고
내 머리카락을 헝클고 잡아당기는
살구의 어수선함에 잠 깨고 싶다.

점심에는, 살구가 제일 좋아하는
거북이 인형을 등 뒤에 숨기고
어리둥절해하는 모습을 보며 장난치고 싶다.

저녁에는, 내 무릎 위에 살포시 앉아
작은 몸으로 날 따뜻하게 해주던
살구의 온도를 느끼고 싶다.

밤에는, 이불 안에서 곤히 잠든
살구의 동그란 이마에서 피어나던
꼬순내를 맡으며 잠들고 싶다.

그리고
다시 태어나도 가족이 되어달라고
살구에게 괜한 억지라도 부려보고 싶다.

살구가 떠난 지 꽤 오랜 세월이 지났다.
희한하게도 시간이 지날수록
기억에 남을 만한 특별했던 사건들보다는
그저 늘 똑같았던 살구와의 일상이 무엇보다 그립다.

너무도 평범하고 별것 없는 하루였지만
살구가 있기에 즐겁고 따뜻했다는 것을
좀 더 빨리 깨달았다면
살구는 아프지 않았을까.
모든 것이 내 탓인 것만 같다.

다시 '우리'가 되어 만날 수 있기를
또 한 번 못난 욕심을 부려보고 싶다.

16

아
이
러
니

아… 잠시만요.

네

?

뭐지..

죄송하지만 저희 회사와는
맞지 않으신 것 같습니다.

후..

털썩

결혼하면서 새롭게 얻게 된 여러 가지 이름들.
그리고 자꾸만 가물가물해지는 나의 진짜 이름, 나의 꿈.
기회라는 버스는 늘 정해진 시간에 오는 줄로만 알았는데
참 생각대로 되지 않는 게 인생이구나 싶던 그날의 기억.

채찍 보다 당근이 필요해

빨리 뛰는 아이가 있었다.
마을에서 그 애보다 빠른 아인 없었고
사람들은 그 속도를 칭찬하곤 했다.

그리고 칭찬은 아이를 더욱 빠르게 만들었다.

누군가의 뒷모습을 보는 것보다
누군가에게 뒷모습을 보여주는 게
익숙해질 때쯤, 아이는 도시로 떠났다.

"나는 제일 빠른 사람이야."

낯선 곳에서의 첫 시합.
아이는 자신을 앞질러 가는 다른 이의
뒷모습을 처음 봤고

그것이 아이의 첫 실패였다.

끝없는 좌절감은 아이를 더 이상
뛸 수 없게 만들었다.

'다시 뛰고 싶다'는 생각이 든 것은
긴 세월이 흐른 뒤였다.

어른이 된 아이는 용기를 내어
빈 운동장을 계속 뛰었고
두 가지 사실을 깨달았다.

'제일 빠른 아이'는 역시
자신에겐 무리한 목표였다는 것, 하지만

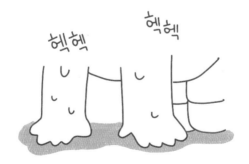

'오래 달릴 수 있는 어른'이 되고 싶다는
새로운 꿈을 얻었다는 것.

특별히 할 일이 있는 것도 아닌데
뜬 눈으로 보내는 밤이 늘어가고

청소나 주변 정리하는 것을
이유 없이 자꾸 미루게 되거나

잘 챙겨 먹었던 식사도
바쁘지도 않은데 대충 때우거나 거르게 될 때

단지 내 '몸'이 피곤하고
게을러져서라고 생각하며
넘어가 버리는 일들이

사실은 내 '마음'이 지치고
힘든 상태라는 증거일 수 있다.

힘들 때 나 자신을 괴롭히는 일이
슬프지만 제일 쉬운 일이니까.

20

완벽하지 않기에 빛이 나

나는 어릴 때부터 먼가를 할 때
꼭 완벽해야 한다는 생각을 갖고 있었다.

그것은 그림을 그릴 때도 마찬가지,
조금이라도 선이 삐뚤어지면
전부 지우고 다시 그리곤 했다.

그러길 반복하다 보니 어느새 나의 목표는
'완성'이 아닌 '완벽'이 되어버렸고

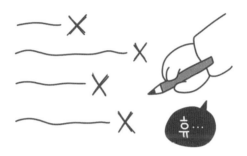

부담감 때문에 어떤 날은 하루 종일
백지 앞에서 아무것도 그릴 수 없었다.

나 자신을 위해 완벽해야 한다고 생각했지만
내게 가장 날이 선 잣대를 들이민 것도
결국은 나였다.

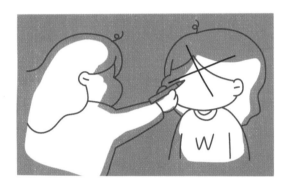

그날의 그늘진 나에게 전하고 싶다.
살짝 엇나가면 어떠냐고,
가끔 잘못돼도 괜찮다고,

완벽하지 않아도 좋으니
그냥 '내'가 되자고!

#21

나를 칭찬하는 법

다른 이를 칭찬하는 것보다
왜 날 칭찬하는 것은 이토록 어려울까?

그럼,
나를 한번 칭찬해 볼래?

음… 넌 멋진 주황빛을 가졌고
무르지 않은 단단함이 있어.
네게 나는 은은한 흙냄새도 좋아.

그렇게 하면 돼!
칭찬을 기쁘고 거창한 순간에만 하려 하지 말고
지금 있는 그대로 너의 상태를 깨닫고
그것에 대해서 작은 칭찬을 하는 것부터 시작해 봐.

할 수 있을까….

굵적-

난 곱슬머리라
꼬불거리는 머리가
매력이야.

아침에 일어나면
이불정리를 먼저 하는
내가 기특해.

머뭇   머뭇

남들보다 생각이 많아서
피곤하기도 하지만…

너에 대한
칭찬이니까
남과의 비교는
빼버리자!!

나는 생각이
많아서 좋아!

예민한 만큼 섬세해서
이렇게 그림으로 그려낼
이야기가 많잖아!

초가을 밤에 부는
바람 냄새를 맡으며
행복해하는 내 여유가 좋아.

지나가는 강아지의
흔들거리는 꼬리가 주는
따뜻함을 있지않는 내가 좋아.

좋아하는 노래는 종일 리플레이 하는
고집스러운 내 취향이 좋아.

자신에게 채찍만 휘두르던 나였는데
주머니 속에 넣어둔 당근을
잊은 채 살아왔는데….

조금씩 나자신을 칭찬하기 위해
노력하는 내가 제일 좋아!

칭찬하는 것이 너무 어색하고
어떤 것을 칭찬해야 하는 것인지조차 떠오르지 않아 곤란했다.
자신이 밉고 싫다는 말은 하루에 몇 번이고 하면서
내게 따뜻하게 건네는 말 한마디가 왜 그렇게 어려웠던 걸까?
아마 칭찬이라는 행위를 축하 받을 일이나 감사할 일이 있을 때만
하는 거창한 것이라 생각했던 것 같다.
뭔가 이루지 못한 나는 칭찬 받을 일이 없다고….

나는 이 생각부터 바꿔가기로 했다.
아주 사소하고 당연한 것 하나하나부터 해봐야지.
아침에 눈을 뜬 내가 고마워.
신경 쓰지 않아도 조금씩 스스로 잘 자라나고 있는
내 작은 손톱에게도 고마워.
계란 후라이를 귀엽게 만들 수 있는 내가 좋아.
그렇게 하루에 딱 한 번이라도 소소한 칭찬을 내게 건넸다.

이런다고 해서 힘든 일로부터 완벽하게 도망칠 수 있다거나
더 이상 불행 따위 두렵지 않다거나 한 것은 아니다.
비록 이상적인 해피엔딩은 없을지 몰라도 최악의 상태에서
보통 정도로 조금씩 '나아진다는 것'이 중요하다.
그렇게 기준을 잡고 나니 마음이 한결 편안해졌고
갑자기 닥쳐오곤 하는 불행에 대한 회복력이
전보다는 빨라진 기분이 들었다.
그것으로 됐다고 생각한다.

당신의 왼손에는 자신을 때리는 채찍이 들려 있지만
언제든 오른손에 들려 있는 '칭찬 당근'을
내게 줄 수 있다는 것을 잊지 말 것.

무례한 사람을 퇴치하는
나만의 방법이 있는데 바로,

망설이지 말고 이렇게 받아치는 것!

그럼 종종 그들은 발끈하고
심지어 본인이 더 기분 나빠한다.

결국 그들이 무례하게 구는 건

듣는 사람이 아무 말도 못 하고
당황하는 모습을 즐기는 것뿐일지도 모른다.

이런 사람들 때문에

'내가 참으면 끝날 거야'
라는 생각으로 날 괴롭히지 말자.

참는 것만이 정답이 아니니까
날 위해 작은 용기를 내보는 건 어떨까?

가끔은
날 위한
'사이다 발언'이
필요해♥

나는 이렇듯 곧잘 과거를 후회하는 사람.

그래, 이게 '나'인 걸 어쩌겠어.

결국 나를 이해하는 건 내가 될 테니까.

요즘 나는 '헐렁함'이 좋아졌다.

'예뻐 보이고 싶어' 대신
'내가 편한 게 최고야'.

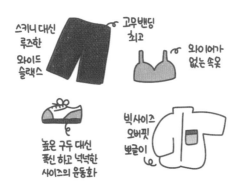

스키니 대신
루즈한
와이드
슬랙스

고무밴딩
최고

와이어가
없는 속옷

높은 구두 대신
푹신 하고 넉넉한
사이즈의 운동화

빅사이즈
오버핏
뽀글이

느슨하게 대충 묶은 곱슬머리에서
나다움을 발견하기도 하고

완벽하지 않은 이메일도
나름대로 배울 점이 있다.

힘든 시국을 지나며
저절로 헐렁해지는 관계와

나만 넘어가면 그만인
작은 실수들까지

타이트하게 조이며
살아온 하루하루

가끔 좀 느슨해진다고
큰일 날 거 하나 없으니까.

이번 주말 목표 : 최선을 다해 헐렁해지기.

캬~
좋다!!

부디, 굿나잇

Part 2

소소한 마음, 쏘쏘한 하늘

"내가 아닌 모습으로 사랑받기보다

나다운 모습으로 미움받는 게 낫다."
-커트 코베인-

우울한 감정이 파도처럼 밀려온다면
차라리 내 마음은 바다라고 생각해봐요.

바다는 찰랑거리며
작은 물결을 만들기도 하고

때론 모든 걸 집어삼킬 듯
큰 해일을 일으키기도 해요.

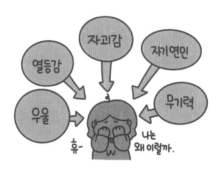

바다가 움직이는 것이 당연하듯
내 마음의 날씨도 바뀔 수 있다는 것을
받아들이는 것부터 시작해봐요.

땅을 품었다가도 놓을 줄 아는 바다처럼

오고 가는 인연들 속에서 당신도 그렇게
덤덤하지만 강하게 살아왔잖아요.

곁에는 물결이 반짝일 수 있게
도와주는 해가 있고

소소한 행복을 주는
돛단배가 있음을 잊지 말고

내 마음은 이렇게 조금 서툴지만
아름다운 빛깔의 파도를 만들며 살아가는
바다라고 생각해봐요.

또다시 찾아온 봄,
세상 모든 것이 '시작'을 알리고 있지만

나의 시작은
지금이 아니어도 좋아.

다른 이의 '시작'이 어느새
멈춰 있는 내 등을 억지로 떠민다 해도

나의 시작은
지금이 아니어도 좋아.

내가 시작하는 날에는
억지로 뛰는 지친 숨소리가 아니라

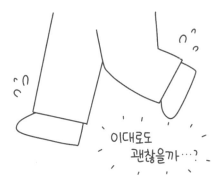

나만의 템포에 맞춰서 걸어가는
준비된 발자국 소리로 가득할 테니까

그러니까 나의 시작은,
지금이 아니어도 좋아!

30

우리에게는
충분히 슬퍼할 시간도 필요하다.

안 좋은 일이 생기면 빨리 잊어야 하고
슬픈 감정이 생기면 떨쳐내려고만 했다.
이런 감정들은 마치 마음의 곰팡이처럼 느껴졌다.

좋은 일, 기쁜 감정을 축하하거나 즐길 줄은 알았지만
슬픈 일, 나쁜 감정을 어떻게 대해야 할지 잘 몰랐다.

돌이켜 생각해보면
그렇게 빨리 잊으려고만 애쓴 슬픔들이
오히려 감정의 잔재를 남긴다는 것을 알았다.

슬픔이 떠오르는 날엔 무시하며 넘겨버리지 말고
왜 그런 감정이 드는지
내 안의 소리에 귀를 기울여 줄 것.

슬플 때 펑펑 울 수 있는 당신이 되길.
눈물은 부끄러운 것이 아니라
'슬픔을 돌볼 줄 아는 사람'이라는 증거이니까.

울면 산타 할아버지가 선물을 안 주니까
힘들다고 우는 것은 보기 싫은 일이니까
뚝 그쳐야 한다는 말만 들으며 자라왔다.

어른이 돼서도 슬픔이라는 감정에 부딪히게 되면
그저 빨리 피하고 잊는 것만이 능사라 생각했다.
하지만 그렇다고 해서 완전히 해결되는 것은 없었다.
오히려 씻어버리지 못한 감정의 후회만 남았을 뿐.

기쁠 때의 나는 밝게 웃고 맛있는 음식을 먹으면서
행복을 누리는 것이 당연하게 느껴지지만
슬플 때의 내가 눈물을 흘리거나 우울해하는 것은
내 안에서 생겨난 감정들임에도 불구하고
어째서 이렇게 받아들이기가 힘든 것일까?

기쁜 날보다 슬픈 날이 더 많을지도 모르는 현실 속에서
충분히 기뻐할 일들이 더 생겼으면 좋겠다.
그리고 충분히 슬픔을 즐기며 견뎌낼 줄 아는
당신과 내가 되면 좋겠다.

31

인
생
무
덤
덤
시
기

인생 노잼 시기가 찾아오듯이
가끔씩 내겐 '인생 무덤덤 시기'가 온다.

가까워지기 위해 노력했던 사람이 결국 멀어져도
우린 딱 그만큼의 관계였다며
기대의 끈을 놓을 수 있게 되었고

하고 싶었던 것이 무산되어도
계획하던 것이 취소가 되었어도
내 맘을 괴롭힌들 달라질 게 없단 걸 알았다.

무덤덤해지면 부정적인 감정에 조금은 무던해지며
상대적으로 스트레스를 덜 받게 되지만
기쁜 순간마저 덤덤해진다는 부작용이 생긴다.

이 행복이 영원하지 않을 거라고,
자꾸 기대해봤자 실망할 테니 적당히 기뻐해야 한다고
감정의 수평선을 유지하려 애쓰게 된다.

그렇지만 무덤덤할 수 있다는 것은 어쩌면
그동안 겪어온 불행으로부터 날 지킬 방법을
터득하게 되었다는 것은 아닐까?

오늘도 '무덤덤한' 하루였지만
나를 잘 지켜냈다고 토닥토닥할 수 있는
그런 하루이길 소망해본다.

결혼 전에는 장점이라고 생각했던 것들이

결혼 후에는 뜻밖의 단점이 되기도 하고

사랑하는 방식이 서로 달라서

오해가 생기기도 한다.

결혼을 해도 외로운 것은 마찬가지이고

신경 써야 할 것들이 늘어나서 피곤하지만

지친 하루 끝에 맛있는 음식을
나눠 먹을 사람이 있어서

힘든 순간
기꺼이 내 편을 들어줄 사람이 있어서

같은 곳을 바라보며 걸어갈 수 있어서

함께 새로운 꿈을 꿀 수 있어서
그래서, 결혼하길 참 잘했다.

결혼이란, 마주 보며 사랑을 키우던 두 사람이
같은 곳을 바라보며 서로의 꿈을 이루어나가는 것.

33

결국 나는 괜찮을 거야

요즘 행복해 보이네?

그럼, 행복하지.

포옥-

평범한 일상을 보낼수 있다는게
가장 큰 행복이라는걸 깨달았거든.

아무리 괴로워도 시간은 흐르고
걱정거리의 대부분은
일어나지 않을 일들이니까
결국 나는 괜찮을 거야 ☺

행복을 멀리서 찾으려 하면 불행해진다.
지금 내 주변을 채우고 있는 아주 작고 평범한 것들이
모이고 모여 일상을 함께해주고 있기에
소소하고 지루한 일상이라도
분명 행복을 찾을 수 있다는 사실을 잊지 말자.

나
이
를
잘
먹
는
방법

나이를 '잘' 먹는 방법에 대해 생각해봤다.

새치 한 가닥에 조바심 내지 말고
요즘 힘들었던 자신을 토닥여주기.

친구의 고민을 들어줄 수 있는
마음의 여유 공간을 준비하기.

여태껏 얻기 위해서 살아왔다면 이젠
잘 잃는 것도 중요하다는 것을 명심하기.

나 자신에게 날 가장 잘 아는
'베스트 프렌드'가 되어주기.

이 정도면 뭐, 나이 먹는다는 것도
나쁘지만은 않은 것 같다.

누군가에게 내 나이는 아직 한창인 나이일 테고
또 다른 누군가에게 내 나이는 까마득히 먼 미래의 일이겠지.
그래서 나이만큼 남과 비교하는 것이 무의미한 단어가 없다.

이제는 무언가를 얻는 일보다
잃는 일이 더 많지만
그런 경험들 덕분에 '좋은 이별'도 많이 경험했으니
그걸로 됐다.

그저 지금 주어진 상황 안에서
최대한 나 자신에게 좋은 친구가 되어주며
작은 보폭의 종종걸음일지라도
하루하루 조금씩 앞으로 갈 수 있는 힘이
내게 있다는 것을 잊지 않기.

지금이라서 고마운 오늘,
나라서 고마운 것들.

35

날 위한 칭찬 한 모금

일 때문에 한참 힘들던 어느 날,
쌓인 스트레스가 주체가 안 돼서
태수와 함께 집 앞 술집을 찾았다.

그토록 간절하게 하고 싶던 일이었지만
정작 하게 되자 즐기기는커녕
일에 질질 끌려다니는 자신이 싫었다.

메뉴를 고르고 주문을 하려는데
처음 보는 아르바이트생이 테이블로 왔다.

일한 지 얼마 안 된 듯 보였지만
자신감 있는 태도로 능숙히 주문을 받았고
우린 그 모습에 내심 놀랐다.

그 후로도 그녀는 이 테이블 저 테이블을 누비며
상냥하지만 정확한 태도로 손님을 대했고
마치 이 공간의 슈퍼스타처럼 보였다.

어느덧 그녀의 퇴근 시간이 다가왔고
마감을 하며 인사를 건네는 그녀에게
할 수 있는 모든 칭찬을 했다.

그런데 퇴근할 채비를 하고 나온 그녀가
갑자기 주방에서 생맥주잔을 가져와서
맥주를 가득 따르더니 원샷을 하는 것이었다.

시원하게 맥주 한 잔을 비운 후
그녀는 아주 홀가분한 표정으로
씩씩하게 인사하며 가게 문을 나섰다.

온종일 일에 붙들려 스트레스 받던 내게
그 행동은 모든 고민을 날려버릴 듯한
통쾌함을 느끼게 했다.

어쩌면 내게 필요한 것도 이런 게 아닐까?
노력한 나에게 주는 시원한 생맥주와 같은
칭찬 한 모금에 너무 인색했던 것 같다.

문득 단발머리가 하고 싶어졌다.

머리를 빨리 감고 빨리 말릴 수 있고

위이잉-

가을, 겨울에 머플러를 두르기도
편해 보인다.

무엇보다 묶었을 때가 너무너무 귀엽다.

그러고 보니 몇 년째 같은 고민을
반복하고 있다는 사실을 깨달았다.

나이가 들수록 새로운 시도를 하는 게
점점 두려워지는 것은 왜일까.

37

마음의 뿔

누구나 마음속 뿔이 돋아날 때가 있다.
하지만 그걸 다루는 방법은 가지각색이다.

A는 남에게 뿔이 보일까 봐
강한 척한다.

B는 뿔이 난 자신이 너무 불쌍해
견딜 수 없다.

C는 뿔이 나버린 원인을
찾으려 노력한다.

D는 다른 사람의 뿔과
비교한다.

T는 뿔이 나버린 자신이
한심하다.

F는 같은 뿔이 난 친구와
더 가까워진다.

G는 뿔에
멋진 장식을 한다.

당신은 마음에 돋아난 뿔을
어떻게 대하고 있나요?

나는 B가 되지 않도록 늘 주의하고 있고
F 같은 친구와 스트레스를 풀며
G처럼 되는 것이 목표이다.
힘들고 우울하고 지칠 때마다 돋아나는 마음의 뿔,
당신은 어떻게 대하고 있나요?

반짝이는 것들

당신이 지우려 했던 생각을 버리려다가
문득, 그 속에서 '반짝이는 어떤 것'을
발견했어요! 그것은 마치 자신을
괴롭히는 현실 속에서도 놓지 않으려
노력했던 '희망'을 닮아있었답니다.

그래서 우리는 '반짝이는 것들'을 모아
당신에게 줄 따뜻한 담요를 만들었어요.
지금의 나를 괴롭히는 것들도 언젠가 반드시
포근한 담요처럼 마음을 덮어주는 좋은 기억으로
바꿀 수 있을 거라고 믿으니까요!

잘 견뎌줘서 참 고마워요 ♡
당신의 길고 외로운 밤이 조금이라도 따뜻하기를…
P.S. 힘드시면 언제든지 또 들러주세요!

너무 지쳐 어깨조차 제대로 펼 수 없을 때
왜 나만 이렇게 힘이 드는 걸까 생각이 들 때
이 고통이 영원할 것처럼 아득하게 느껴진다.
하지만 너무 걱정하지 말자.
여태껏 그래왔던 것처럼, 당신은 아주 잘하고 있으니까.
곧 무슨 일이 있었냐는 듯 그늘이 걷히고
'그땐 그랬었지'라며 농담처럼 나눌 수 있는,
이제 더 이상 내게 아무 영향도 끼치지 않는
그런 조용하고 따스한 기억으로 바뀔 테니까.
그러니 부디 굿나잇,
당신의 오늘이 외롭지 않도록 늘 사랑하며 기다리고 싶다.

#39
마이페이스

20대 중반, 한참 취업 준비를 해야 할 시기에
집안 사정이 어려워져서
급하게 아르바이트를 구했었다.

약국에서 처방전을 입력하는 일이었는데
일이 어렵지 않았고 직원분들도 친절했다.

적응하려 꾸준히 노력한 끝에
점점 일 처리에 능숙해졌지만

마음속은 늘 불안했고
미래에 대한 확신이 없었다.

그러던 중 좋은 기회로
디자인 회사에 취직을 하게 됐고
난 별 미련 없이 그곳을 떠났다.

새로운 직장에서 화려한 사회생활을 꿈꿨지만
차가운 현실에 좌절하고 있을 무렵

생각지도 못하게
내 능력을 발휘할 기회가 생겼다.

열정에 불타올라 야근까지 해가며
무사히 납품 기한을 맞출 수 있었고
우리 팀은 큰 성과를 올렸다.

뒤풀이 겸 회식을 한 후
집으로 가는 버스 안에서 문득
약국 직원분들의 다정한 얼굴이 떠올랐고

내가 살아온 시간, 그리고 살아갈 시간 속에
헛된 경험은 하나도 없을 것이라는 확신이
방울방울 피어올랐다.

오늘은 평소보다 일찍 일어나
여유 있게 출근했다.

며칠 동안 내내 날 괴롭히던 과제를
드디어 끝냈다.

보고 싶었던 친구에게 연락해서
만날 약속을 잡았다.

큰 성과나 자랑할 만한 업적은 아니지만
돌아보면 모두 내 하루 끝에 찍힌
일상의 마침표들.

내일부터 또다시 반복되는 일상이라도
나는 믿어보고 싶다.

이 소소한 마침표들이 나를
행복의 느낌표로 데려다줄 거라고!

'별점' 시스템은 이제 어디에서나 적용될 수 있는
흔한 평가 수단이 됐다.

별점을 주는 입장이었을 때는 몰랐던 것들이

별점을 받는 입장이 되자 조금씩 보이기 시작한다.

나의 과실이나 예상하지 못한 사고로 인해
별점이 깎이는 경우도 있고

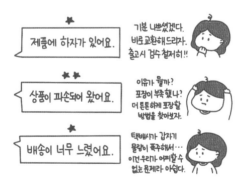

개인의 취향 및 만족도는 절대적인 것이 아니기에
거기서 오는 차이도 있을 것이다.

하지만 도무지 이해하기 힘든 경우도 많다.

그럴 때마다 힘이 빠지는 것이 사실이지만
이 시스템이 영원히 사라지지 않는 이상
계속될 일이기에 큰 에너지를 쏟지 않으려 노력한다.

이러다가 언젠가 사람들끼리도
별점을 매기는 날이 오지 않을까?

조금 덜 날카롭고
조금 더 너그러워지면 좋겠다.

비하인드? 그래서 요즘 저는
최악이 아니라면 웬만해선 좋은 별점과
따뜻한 말을 전하려 노력하고 있어요.
(그러면 제 기분도 좋거든요♥)

좋아요 수, 조회 수, 상품평, 댓글…
우리 주변엔 평가 시스템 투성이다.
이런 환경에서 타인의 평가에 의연하게 대처하는 것은
참 어려운 일이다.

무조건 좋게좋게 하자는 것은 아니지만
이해할 수 있는 한도 내에서는
최대한 좋은 이야기를 상대에게 해주고 싶다.
그것은 상대방을 위한 것이기도 하지만
날 위한 선의이기도 하기 때문에.
이런 것들이 쌓이면
언젠가 좋은 말, 예쁜 말들로
내게 다시 돌아올 거라 믿는다.

남에 대한 험담을 잘하는 사람의
공통점을 발견했다.

험담하는 바로 그 부분이
자신에게 결핍돼 있는 경우가 많다는 것.

그 결핍이 만들어낸 다소 삐뚤어진
'부러움'의 표현법 아닐까?

누군가가 날 험담하고 깎아내리려 해도
상처받거나 우울해질 것 하나 없다.

그들에겐 없는 것이
나에겐 있다는 거니까.

피
리
부
는
부
부

요즘 들어 깨닫게 된
우리 부부의 특별한 능력이 있다.

우린 동네 산책을 하면서
새로운 식당 찾아다니는 걸 좋아하는데

숨은 보석처럼 골목에 맛집이 숨어 있지만
손님이 뜸한 경우가 많았다.

처음엔 당연히 기막힌 우연이거나
망상이라고 생각했다.

그런데 우연이 자꾸 반복되다 보면
어느 순간 확신이 온다.

나름 공식적인(?) 확인까지 받고 나니
우리의 예감은 실화가 됐다.

이게 먼지 문득 궁금해져서
집에 오자마자 열심히 검색을 했는데
우리 같은 사람들이 꽤 있어서 놀랐다.

그런데 그 글에 달린 답변들에
우린 웃을 수밖에 없었다.

그래, 이런 우리니까
서로 토닥토닥하면서 잘 살아보자고!

선택의 순간 앞에서
완벽한 사람은 없어.
시간을 되돌린다고 해도
너는 같은 선택을
반복할지도 몰라.

지금의 너를 위한다며
과거의 너를 몰아세우지 말았으면,

지금의 너를 있게 한건
그 힘든 선택의 순간들을
힘껏 힘껏 견뎌온
'과거의 너' 니까…

브이

'그 공부를 시작하지 않았다면 지금보다 더 나았을지 몰라.'
'이 회사를 선택하지 말았어야 했어.'

삶은 선택의 연속이고
완벽한 선택이란 없다는 것을 종종 잊어버린다.
그러고선 힘든 현실의 책임을 과거의 내 선택에게 돌리고 만다.
그것이 남을 탓하는 것보다 가장 쉽게 현실에서 도망치는
방법인지도 모른다.

다시 돌아간다고 해도
나는 여전히 똑같은 선택을 하게 될 것이다.
그 시점에서 가장 '나다운' 선택을 해왔기 때문에.

지금이 후회된다고 해서 자신을 몰아세우는 것은
더 후회될 일을 만드는 것,
그러니 자신의 선택을 믿어주기.

부부로 함께 산 지도 어언 11년 차.
우리가 제일 좋아하는 순간 중에 하나는
함께 술 한잔하는 시간이다.

그래서 소소하게 동네 산책을 하며
맘에 드는 술집을 찾곤 하는데

오랜 시간 함께 해왔지만
좋아하는 술집에 대한 조건은 조금 다르다.

조용한 것을 좋아하는 태수는
시끄럽지 않은 편안함을 중요하게 생각하고

나는 직원들의 친절도, 매장 음악 같은
전체적인 분위기를 중요하게 여긴다.

그 조건들이 충족되면
안주가 특별히 맛있지 않더라도
웬만하면 좋은 곳으로 기억되곤 한다.

예외로 이 모든 조건들을 한번에 무시하는
가장 강력한 조건이 있는데

그것은 바로 촉촉하게 마음을 적셔주는
'빗소리'이다.

특히 창문이 열려 있는 자리에 앉을 때
빗소리가 들린다면
우리에겐 그곳이 곧 천국이 된다.

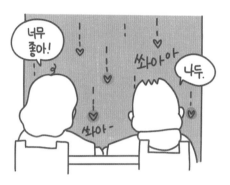

누군가는 너무 감상적이라 놀리기도 하지만
이런 소소한 행복을 공유할 수 있기에
내일을 살아갈 힘을 얻는 것 같다.

47

시
너
지
효
과

저 사람은 왜 새치기를 하는 거지?
나를 무시하는 걸까?

멀 해도 귀찮고 재밌지가 않아.
대충 살아도 괜찮겠지.

더욱 단단하게 빛나는
'나'를 만들어 갈 수 있도록

서로에게 좋은 영향을 주는
'우리'가 되자.

좋은 관계란
함께 있더라도 각자의 색깔을 잃지 않으며
서로의 멋진 부분을 닮아가고
혼자 있을 때 더욱 빛날 수 있는 그런 관계.

셀프 토닥토닥

지친 날에는 무거운 어깨에 힘 툭 털어버리고
아무것도 하지 말자.

그래도 괜찮아.

힘든 날에는 눈치 보지 말고
눈 퉁퉁 붓도록 울어버리자.

그래도 괜찮아.

아픈 날에는 그동안 고생한
나를 위한 선물을 하자.

그래도 괜찮아.

지치고 힘들고 아픈 건 당연한 거야.
누구에게도 그런 날은 오는 거야.

다시 까만 날들이 찾아와도
조금만 앓고 금방 나을 수 있도록

우리의 오늘에
'괜찮은' 것들이 더 많아지면 좋겠어.

너무도 당연한 말들이 위로가 되는 순간이 있다.
하지만 당연한 말 한마디조차 스스로에게 해줄 수 없는
텅 빈 날도 가끔씩 찾아온다.

오늘 하루를 치열하게 보낸 소중한 당신과 내게
바로 이 당연한 위로를 건네본다.
'거봐 내가 뭐랬어! 괜찮을 거랬지?'

49

안
아
주
세
요

오늘은
그냥 널 힘껏
안아주기로 했어.

때론 근사한 말보다
곁에 있어주는 것만으로도
위로가 되는 순간이 있다.

꼬악~

행복을 향한 스토킹을 멈추기로 했다.

돌이켜보면 사실 행복이란 살아가면서
어쩌다가 찾아오는 감정이었고

행복이 없는, 감정의 공백을 채우면서
하루하루를 버텨온 것은

이번에도 참
짧게 왔다가는구나…

스르륵-

바로 평범하고 조금은 우울하며
가끔은 화를 내기도 하는
'행복하지 않은 나'이기에

남들에게 보이는 '행복한 나'를 위해
억지로 웃지 않기로 했다.

그리고 '행복하지 않은 나'의 모습을
부정하지 않고 받아들이기로 했다.

내가 어떤 표정을 짓고 있든
있는 그대로의 맨얼굴을
힘껏 사랑해주기로 했다.

나의 그저 그런 오늘 하루는
행복하지 않았기에 빛이 난다.

살아왔던 날들이 힘들었던 만큼 행복하고 싶은 욕구가 강해서였
는지, 언젠가부터 행복하지 않은 날들에 대한 면역력이 떨어지기
시작했어요.
억지로 웃으려고 노력하며 행복의 꽁무니를 쫓아다니는 것이
결국 감정의 과부하를 가져와서 하루가 끝나면 온 마음이 흠뻑
지치곤 했습니다.

그런데 천천히 생각해보니 사실 365일 중에서
손에 행복 풍선을 쥐었다고 생각할 만큼 완전한 행복감으로
가득 찬 날은 얼마 되지 않는다는 것을 깨달았어요.
그제서야 행복하지 않은 대부분의 날들을 살아가는
평범하고 조금은 우울한 나를 제대로 바라보기 시작했습니다.

나의 오늘이 조금 힘들었으면 어때요.
무표정하고 지쳐 있어도 괜찮아요.
억지로 행복을 손에 쥐려고 하지 않을 때
행복은 아주 자연스러운 방법으로 내 곁에 날아오겠죠.
그때까지 '그저 그런' 오늘을 보내는 나를 한번 더 칭찬해줄래요.

나의 오늘은 특별하지 않았기에 더욱 빛이 납니다.

Part 3

나는 든든한 내 편이야

관
계
라
는

실
타
래

인간관계에서 몇 번 실패를 겪고부턴
사람에 대해 지레짐작하고
그 관계를 미리 포기하곤 했는데

참 의미 없는 행동임을 알게 됐다.

평생을 갈 것 같은 친구와는
한순간에 멀어져서 허무하기도 하고

두꺼워서 절대
끊어질 리 없다고
생각했는데…

툭-

친해질 수 없을 거라 생각한 사람과
오히려 꾸준한 관계를 이어가기도 한다.

'사람'처럼 내 마음대로 되는 게 없더라.

내가 쥐고 있는 이 실의 끝이
어떤 모양을 하고 있는지는
실타래를 끝까지 풀어봐야 알 수 있는 것.

좀 더 미리
끝을 알 수 있다면
얼마나 좋을까.

미리 걱정하고 마음을 닫아버리는 것,
미리 고민하며 밀어내버리는 것은

또
상처 받을까
두려워.

내가
잘할 수 있을까.

내가 가진 실로 내 몸을 꽁꽁 묶어버리면서
괴로워하는 것과 마찬가지.

정 힘들면 언제든지
쥐고 있는 실을 놓을 수 있다는 것을 잊지 말고
조금 용기를 내보는 건 어떨까?

한때는 사람들에게 집착한 적이 있었다.
모든 사람들이 나를 좋아하면 좋겠고
오랫동안 베프가 되어주면 좋겠고
남들에게 보이는 이름표가 중요했는데
사람과의 관계는 마음대로 되지 않았다.
아무리 혼자 고민하고 결론을 내리려 해도
늘 예상과는 빗나가는 결과가 나오곤 했기에.

그래서 조금 편하게 생각하기로 마음을 바꿨다.
안 맞을 수도 있지, 오래 가지 않을 수도 있지,
내 마음도 잘 모르겠는데 하물며 타인을 어찌 알겠어?
그렇게 관계에 대한 생각을 물렁하게 풀어버리니까
오히려 생각지도 못한 좋은 인연이 나타나기도 하고
예상하지 못한 관계가 지속되는 행운도 생겼다.

중요한 것은
관계의 실은 내가 쥐고 있다는 것을 잊지 않는 것이다.
이 실이 내게 좋은 실인지 나쁜 실인지 판단하는 힘,
좋은 실은 놓치지 않도록 이어나가는 끈기,
나쁜 실은 기꺼이 놓아버릴 수 있는 능력이
바로 나 자신 안에 존재한다는 것을 잊지 말자.

'가성비'를
그만두고 싶어졌다.

슬슬 여름옷을 정리하려고 하다가
문득 올해 한 번도 입지 않은 옷을 발견했다.

어?

이런 옷이
있었구나…

구입 당시 맘에 들었던 원피스에 비해
반값도 안 되는 아주 저렴한 옷이었다.

언제부턴가 내 마음에 드는 것보다
가격 대비 이익인 것을
구입하고 있다는 사실을 깨달았다.

하지만 그런 것들은 그만큼 손이 안 가고
원래 갖고 싶었던 것에 아쉬움만 남곤 했다.

대체 언제부터 '내가 좋아하는 것'보다
'상대적으로 이익인 것'을 찾게 된 걸까?

나이가 들어가면서 인간관계에서도
최대한 내 감정을 소비하지 않으면서
어느 정도 친밀감을 유지하면 그만인

'감정 가성비'를 따져가며
살고 있는 것은 아닐까, 라는 생각이 들었다.

내가 좋아하는 것들을
이익이나 손해를 생각하지 않고
선택했던 때가 언제였을까?

내가 좋아하는 사람들에게
'감정 과소비'를 아낌없이 해버릴 수 있는
그런 열정적인 날이 다시 올까?

그 누구도 '감정의 쓰레기통'이
되어야 할 이유는 없다.

대화를 나누기에 힘든 관계는
결코 건강한 관계가 아니다.

살면서 만나는 가장 최악의 관계
'자존감 브레이커'

그들은 대부분 상대에게 자신이 잘못됐다고
느끼게 하기 위해 걱정하는 척한다.

상대를 은근히 깎아내리면서
자신의 우월감을 채우곤 한다.

이 과정이 반복되면 나의 자존감은 사라지고
어느새 그들은 관계의 키를 손에 쥔다.

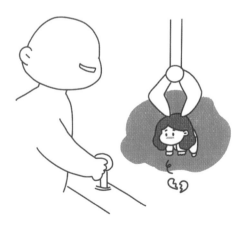

그들이 가장 두려워하는 것은
바로 상대에게 더이상 자신의 말이
어떤 영향도 끼치지 않는다는 것.

그리고 그걸 깨닫게 해주기 위해서는
관계를 끊어내는 결단이 필요하다.

나는 나쁜 관계를 끊을 용기가 있고
나는 좋은 사람을 만날 가치가 있다.

누구나 살아가면서 한번쯤
아주 특별한 인연을 만난다.

서툴지만 꿈 많던 20대 시절,
그림이 그리고 싶어 입사한 회사에서
옆자리에 있던 그 언니와 처음 만났다.

언니처럼 잘하고 싶지만 뜻대로 되지 않았고
좋아하는 일을 직업으로 삼는다는 것은
의욕만으론 힘든 일이라는 현실을 깨달았다.

퇴사하던 날, 언니는 의기소침해 있는
내 손을 잡으며 따스한 응원을 해줬지만

현실에 지쳤던 난 그림, 그리고 언니와의 인연이
결국 멀어질 한낱 꿈처럼 느껴졌다.

하지만 1년 뒤, 그림을 포기하고
다른 길을 선택했을 때도 언니는 여전했다.

3년 뒤, 결혼 후 취업이 쉽지 않아
우울증이 찾아왔을 때도 언니는 여전했다.

퇴사 후 거의 만난 적도 없는 내게 언니는
10년이라는 시간 동안 꾸준히 응원을 해줬고

다시 꿈을 꾸고 싶어진 나는 그때부터
인스타그램에 꾸준히 그림을 그리기 시작했다.

내 그림을 본 언니는 오랜 시간 내게 해줬던
그 여전한 말을 다시 한번 들려주었고

난 그 말을 아마도 평생 잊지 못할 것이다.

때론 '인연'이라는 건
삶이라는 길 위에서 헤매지 않도록 도와주는
다정한 '지도' 같은 존재일지도 모른다.

말 그대로, 자신에게 주어진 삶을
자신만의 방식으로 '잘'
헤쳐나가고 있는 사람

그래도 힘내자!

잘 하고 있어!
괜찮아!

이 까짓것
아무것도
아니니까!

비록 완벽하지 않더라도,
자신을 믿어주면서 살아가는 법을
알고 있는 사람은 결국…
다른 사람에게도 좋은 에너지를
전해주게 되어있거든.

에너지 뱀파이어
말고…

에너지 충전기랄까?

오랜만에 연락이 닿더라도
'나 너무 힘들어' 보다는
'나 그래도 열심히 하고 있어!'라고
말해주는 그런 사람.

나 자신이 오롯이 '잘' 살아간다면
그게 내 주변 사람들에게도
분명 좋은 영향을 끼칠 테니까…

친구야, 굳이 내게 특별한 선물을 주지 않아도 괜찮아.
주어진 길을 너만의 속도로 묵묵히 걸어가고 있는
너의 하루하루가 내겐 큰 선물이니까.
그렇기에 난 나 자신을 더 사랑하고 아껴줄 거야.
내 하루를 '괜찮은 것들'로 채워갈 거야.
나도 너에게 좋은 친구가 되어주고 싶거든.

맺고 끊는 것이 어렵고
사람들과의 관계가 어려울 때

난 내 마음이 열심히 가꿔온
나만의 정원이라고 상상해본다.

이곳을 좋아하는 것들로 가득 채울 수 있고
좋은 사람들을 초대할 수도 있지만

정성껏 돌본 꽃을 갉아먹는 벌레를 내쫓고
썩어버린 잎은 잘라야 한다는 걸 안다.

내 정원의 꽃들이 시들어 가는데
중요하지도 않은 상대의 정원에
물을 주고 있지는 않은가?

정답은 이미 내 안에 있다.

힘든 하루를 보낸 친구에게 건네는
위로 한마디가

힘든 하루를 보낸 나에게는
왜 이렇게 어려운 건지…

꿈을 향해 노력하고 있는 친구에게 건네는
응원 한마디가

꿈을 향해 노력하고 있는 나에게는
왜 이렇게 어려운 건지...

나 자신을 나조차 아껴주지 않고,
칭찬하지 않는다면

결국 다른 사람들도
나를 소중히 여기지 않고 무시하게 된다.

아무렇지 않은 척

상대방에게 솔직하게

내 상황에 대해 말하지 않으면서

나를 이해해주길 바라는 것은

지나친 욕심이다.

마음의 우산

갑자기 내리는 비를
내 마음대로 멈출 수 없듯이

누군가 나를 미워하고 공격하는 것은
내 마음대로 어찌할 수 없는 일이다.

비가 올 때 작은 우산 하나만 펼쳐도
비를 피할 수 있으니

갑자기 내리는 비난의 비에 젖지 않는
튼튼한 마음의 우산을 챙겨야겠다.

나는 어중간하게 살아가고 있다.

순수한 호의를 베풀 만큼 착한 성격도 아니지만
타인에게 피해를 입히는 나쁜 성격도 아니다.

지금 몸담고 있는 이곳이
제일 편안하다고 생각하지만

언제든
떠날수 있게
문 열어두기.

끼익~

언젠간 떠나야 하는
제일 낯선 공간이라는 생각도 든다.

젊음과 늙음, 그 애매한 경계에
놓여 있다는 생각이 든다.

뭔가 시작하기엔
너무 늦은 걸까?

지금이라도
늦지 않았어.

그리고 무엇보다 힘든 것은

남들보다 잘하지만
남들만큼 못해내는

어중간한 재능이다.

이 선만 넘으면
될 것 같은데…

차라리 아예
몰랐다면
어땠을까?

좋게 말하면 적당함,
나쁘게 말하면 어중간함.

인생의 한 지점에 멈춰
이러지도 저러지도 못하며
시간을 보내고 있는 것은 아닐까.
흰색과 검은색 사이에 놓인 회색이 된 느낌이 들 때가 있다.

62

물음표가 내리는 날

나 이대로 괜찮은 걸까?
내가 진짜 잘하고 있는 걸까?

자신이 의심스러워서
무릎 한번 편하게 굽히질 못하는 날이
누구에게나 있다.

삑삑삑!

내 생각대로 살아가도 되는 걸까?
누군가에게 잘했다는 도장이라도
꾹- 받고 싶은 날.

내가 잘못된 걸까?라는 말에 절대 그렇지 않다고,
눈을 빛내며 토닥여주는
다정한 얼굴을 보고 싶은 날.

나는 늘 '사람'을 기대하고
또 상처 받곤 하지만

결국 날 구출해주는 것은 '사람'이라는 걸
항상 뒤늦게 깨닫는다.

누구에게나 그런 날이 있다.
내뱉었던 말 한마디 한마디가 자꾸 떠올라서 괴로운 날.
무심코 한 행동 하나에 계속해서 마음이 요동을 치는 날.

생각으로 젖어버린 무거운 머리를 붙들고 집에 오는 길
분명 날씨는 맑은데 마음속에는 하루 종일 물음표가 내리고 있다.

'나 잘하고 있는 걸까?'
'그때 내가 왜 그랬을까?'

반대편 산을 향해 아무리 소리를 질러봐도
결국 메아리쳐서 들려오는 것은 내 목소리뿐
해결되는 것 하나 없이 모든 에너지를 소진해버리곤 했다.

날 일으킬 수 있는 사람은 나뿐이라고 생각하며 살아가지만
이런 날에는 간절하게 누군가의 응원이 그립다.
귀 기울여 주인 없던 내 메아리를 들어주고
손 내밀어 툭툭 천근만근 내 어깨를 토닥여주는
사소하지만 포근한 것들이 너무나도 그립다.

누구에게나 그냥 그런, 날이 있다.

63

예쁜 말이 좋아요

쇼핑몰을 운영하다 보면
다양한 고객들을 만나게 된다.

흔히 말하는 진상부터
비상식적인 사람들도 간혹 있지만

한마디를 하더라도
말을 정말 예쁘게 하는 분들이 있다.

말로써 전해지는 따스함은
아주 짧은 문장일지라도
온종일 내 하루를 따뜻하게 데워준다.

그래서 요즘 내 하루 목표는
마주치는 분들께 '예쁘게 말하기'가 됐다.

내 기분까지 행복해지는 것은 보너스!

넌 위해선 백 마디도 더 해줄 수 있어♥

누군가에게 기대는 것이 서툴다면
말없이 널 위한 작은 우산이 되어줄게.
힘들다고 말하는 것이 어렵다면
말없이 너의 손을 꼬옥 잡아줄게.
단 한 마디의 위로가 필요하다면
백 마디의 응원으로 널 안아줄게.

자존감이란
나를 든든히 지켜주는 마음의 근육이다.

낮은 자존감을 안고 평생을 살아와서 그런지
자존감을 높이는 일이 아직 많이 어렵고 힘들다.

자존감이 높은 사람들은
다른 사람의 말에 쉽게 흔들리지 않고,
실패를 하거나 상처를 받아도 회복하는 속도가 빠르다.
눈에 보이지는 않지만
마치 마음에 튼튼한 근육을 갖고 있는 것 같다.

'왜 내겐 저런 근육이 없을까?'하는 생각부터 들었지만
거창하게 돈을 들이거나 큰 계획을 세우지 않더라도
주변에 소중한 사람들의 말을 마음 깊이 새기거나
나 자신에게 필요한 말들을 나에게 직접 해주면서
조금씩 마음의 근육을 키워보자는 결심을 했다.

몸의 근육은 트레이너가 챙겨준다면
마음의 근육은 '자존감 지킴이'가 챙겨준다.
그리고 잊지 말아야 할 것은
나 자신이 제일 확실하고 든든한 자존감 지킴이라는 것!

우리가 '살아간다'는 것은 마치
백지 위에 점을 찍는 모습 같다.

분명히 어제 찍었던 점은
확신에 찬 듯이 선명한 모양인데

어째서 오늘은 이토록 흐릿한지
알아보기 힘들 정도로 볼품없어서

우리는 종종 그 흐린 점 위에서
선명한 점을 찍지 못했던
자신에게 실망하곤 한다.

어쩌면 꽤 오랜 시간
당신의 발밑에는
흐린 점만 찍히게 될지도 모른다.

하지만 걱정할 것 없다.

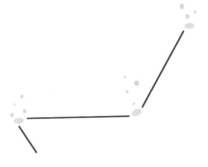

흐릿하긴 하지만 하루하루 천천히
이어져가는 당신의 점들은

가까이서 보면 단지 흐린 점일지라도

멀리서 보면 당신의 꿈처럼,
반짝반짝 빛나는

가장 크고 선명한
별 모양으로 보일 테니까!

그림을 그리기 위해 백지를 앞에 두고
갑자기 이런 생각이 떠올랐다.
우리의 하루하루는 백지 위에 점을 찍는 것과 같고
그 점은 멀리서 보았을 때 어떤 모양을 갖추고 있다고.

우리의 날들이 어떤 날은 힘들고
어떤 날은 즐거운 것처럼
점들도 어떤 날은 흐리고
어떤 날은 진하기도 하면서 계속 이어져나간다.

그렇게 여러 감정을 느끼고 순간순간을 선택하며
점과 점을 이어가는 우리들 삶의 모양은
가까이서 보면 힘든 일의 연속일지 몰라도
멀리서 보면 멋진 삶을 완성해가고 있는 것일지도 모른다.

멋진 삶의 모양은
상냥한 꽃 모양도 좋고
청량한 구름 모양도 좋지만
빛나는 별 모양일 것이다.
어둠 속에서도 빛을 내는 우리의 꿈을 닮았기 때문이다.

멋있는 사람이 될 거야

주변 사람이 잘되었다는 소식이
괜스레 부럽고 배 아플 때가 있었다.

그 사람의 노력과 운으로 이룬 성과인 걸
머리로는 알고 있었지만 마음 한군데가 비틀려서
잘되지 못한 내게 화살을 돌렸다.

그 당시 내겐 스트레스와 고민이 쌓여 있었고
그것들이 해결되면서 점점 마음이 편해지니
그제서야 축하해주고 싶다는 생각이 들었다.

기뻐하는 그 사람의 표정을 보며
그날 나는 새로운 깨달음과 목표를 얻었다.

결국 누군가를 축하하고 위하는 마음도
내 마음이 온전하고 편안해야
가능한 일이라는 것을.

좋아하는 일, 사랑하는 것들로
속을 꽉꽉 채워 넣어서
더욱 단단하게 나를 빚어내고

누군가의 좋은 소식을 진심으로
축하할 수 있는 여유를 가진
그런 멋있는 사람이 되고 말거라고.

평소에 자주 하는 말들이
내 운명을 바꾼다는 내용의 영상을 봤다.

생각해보니 가까이 하고 싶지 않았던 사람들은
대부분 부정적인 말 습관을 갖고 있었다.

그러다 문득 난 어떤지 궁금해졌다.

생각보다 내가 하는 말에
부정적인 표현이 많다는 걸 깨달았다.

그래서 날 위해
'좋은 말 프로젝트'를 시작했다.

첫째,
부정적인 말이 나오기 전에 한 템포 멈추기.

둘째,
부정적 감정을 한걸음 물러서서 바라보기.

지금 내게 '짜증'이란 감정이
생긴 원인은 뭘까?

짜증나! 미워!

셋째,
최대한 구체적이고 솔직하게 생각해보기.

해야 할 일이 많은데 자꾸 미루게 되고
그렇다고 미루면서 푹 쉬는 것도 아니고
또 욕심이 많아서
더 완벽하게
하고 싶으니까,
부담스럽지?

넷째,
긍정적인 방향으로 말해보기.

마지막으로, 누군가에게 내뱉는 부정적인 말은
'나 자신'도 듣고 있다는 것을 잊지 말기.

한 번쯤 생각해보자.

내가 자주 쓰는 말 중에 부정적인 표현이 얼마나 많은지.

(가족이나 친구에게 물어보면 더 정확하다.)

너무 자주 써서 BEST3을 쉽게 꼽을 정도라면

당신에게도 '좋은 말 프로젝트'가 필요하다.

좋은 사람 좋은 사랑

사람을 만나는 것이 두려웠던 난

왜 내 마음의 돌은
남들보다 훨씬 작고
반짝이질 못하는 걸까?

누구도 초라한 나를
좋아할 사람은 없을 거야.

누군가 날 위해
'좋은 사람'이 되어주길 바랐어.

저 사람이라면
날 행복하게 해줄 수 있지 않을까?

우와.. 보석이다.

난 이런걸 가진 대단한 사람.

멋지지?

그런 돌 따위
버리고

이리 와서
구경해~

초라

하지만 널 만나고부터 난

넌 위해 내가 더
'좋은 사람'이 되고 싶어졌어.

이게 내가 생각하는 사랑이야.

처음 가본 해외여행에서
비행기를 놓쳐버렸던 일.

첫 면접에서 긴장한 나머지
엉뚱한 얘기만 늘어놓았던 일.

처음이기에 실수를 하고
처음이기에 추억이 된다.

매일 아침이 온다는 것은
새로운 오늘의 나를 만나는 것.

나도 오늘의 내가 처음이라서
어설프기도 하고 실수도 하지만

'처음이니까 괜찮아'라고
내게 말할 수 있는
그런 하루하루가 되길.

추억 냉장고

좋은 추억들을 보관할 수 있는
냉장고가 있었으면 좋겠다.

일찍 눈이 떠진 어느 이른 아침.
꽁꽁 얼어있던 기억을 뜨끈하게 데워서

혼자만의 긴긴밤을 무사히 보낸 나에게

잊고 있던 맛있는 추억을 선물하고 싶다.

사람은 추억의 힘으로 살아간다.
특히 좋은 추억들은 가물가물해지는 기억 속에서 끈질기게
살아남아 힘든 순간이 올 때면 어김없이 손을 내밀어준다.

잊고 싶지 않은 좋은 추억들을 꽁꽁 얼려서
나만의 추억 냉장고에 보관할 수 있다면 얼마나 좋을까?

처음 어른들의 도움 없이 혼자만의 힘으로
두 발 자전거를 타며 맞았던 시원한 바람,
단짝 친구와 학교 끝나고 집에 오는 길에 들렀던
맛있는 쫄볶이 집,
제일 좋아하는 음악을 제일 좋아하는 사람에게 들려줬던 밤,
여행지에서 만났던 사람들의 딸기 어린 환한 얼굴,
결말을 읽는 것이 아까워서 밤새도록 붙잡고 있던 책 한 권까지,
오롯이 그 느낌 그대로 담아 꽁꽁 얼려두고
필요한 순간에 꺼내 먹고 싶다.

'소중함'이라는 단어를 잊지 않고 살아가는
낭만적인 어른이 되고 싶다.

내 마음이 건강한 상태일 때
상대방에게 친절할 수 있다.

그렇기에 누군가 나에게 건네는
친절한 말 한마디는

그 사람이 가진 마음의 체력을
내게 나눠주는 소중한 일이다.

나도 건강하게 마음을 가다듬어,
누군가에게 친절한 사람이 되고 싶다.

수많은 빛나는 사람들 가운데
희미해져 있던 나를 찾아내줘서 고마워.

그냥 지나치지 않고 살짝살짝 내 앞으로 와서
친절한 말을 건네줘서 고마워.

너의 마음 봉투 안에 들어 있는
아끼고 아끼던 작고 예쁜 하트를
아낌없이 내게 나눠줘서 고마워.

오늘도 너로 인해 난 충전 완료♥

잘 싸울 수 있는 사람

" 나머지 70을 차지하는
담담하고 때론 부정적인 감정들을
지혜롭게 극복해갈 상대라면 좋겠더라고."

① 아무리 화가 나도 욕하지 않기.

② 적어도 싸우는 상황에서
도망치고 회피하지 않기.

③ 싸움을 무마하기 위한 사과가 아닌
이해에서 비롯된 사과하기.

"이렇게 잘 싸우면서 지내다 보니
어느새 10년을 훌쩍 넘겼더라고…."

혹시 당신은 자신에게
'안티'가 되고 있진 않나요?

나 자신에게
최고의 '팬'이 되어주세요.

에필로그

인생은 나를 알아가는 과정이기에 누구나 실수를 합니다. 완벽하지 않기에 아름다운 우리는 맘껏 행복해질 권리가 있습니다.

과거를 잊을 수 없고, 현재에 만족하지 못하고, 미래가 불확실한 채로 살아가는 어른 아이들이 잠시 멈춰서 자신을 힘껏 껴안아 줄 수 있는 시간이 되었길 바랍니다. 제 이야기들이 어두운 터널 밖으로 저를 꺼내주었듯이 부디 여러분께도 그랬으면 좋겠습니다.

끝으로 늘 곁에서 따뜻한 시선과 넉넉한 마음으로 보듬어주고 응원해주었던 하나뿐인 영원한 내 짝꿍, 태수. 그리고 제게 칭찬 당근이 그 자체인 너무나도 소중한 '더블유의 소소생각' 팔로워 독자님들께 무한한 사랑과 감사를 보냅니다.

당신의 지친 하루 끝을 위로하는 소소한 토닥임이 되고픈~
더블유, 박혜원 드림

오늘은 힘껏
날 안아주기로 했다

초판 1쇄 발행 2022년 5월 10일 **초판 3쇄 발행** 2022년 10월 15일

지은이 더블유
펴낸이 이승현

기획팀 오유미
디자인 조은덕

펴낸곳 ㈜위즈덤하우스 **출판등록** 2000년 5월 23일 제13-1071호
주소 서울특별시 마포구 양화로 19 합정오피스빌딩 17층
전화 02) 2179-5600 **홈페이지** www.wisdomhouse.co.kr

ⓒ 더블유, 2022

ISBN 979-11-6812-290-1 03810

• 이 책의 전부 또는 일부 내용을 재사용하려면 반드시 사전에 저작권자와
  ㈜위즈덤하우스의 동의를 받아야 합니다.
• 인쇄·제작 및 유통상의 파본 도서는 구입하신 서점에서 바꿔드립니다.
• 책값은 뒤표지에 있습니다.

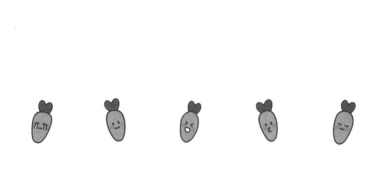